DESENCANTOS

PHANTASIA DRAMATICA

POR

MACHADO DE ASSIS

RIO DE JANEIRO

PAULA BRITO, EDITOR

—

1861

todavia \C ItaúCultural

Machado de Assis

———

Desencantos
Fantasia dramática

Organização e apresentação
Hélio de Seixas Guimarães

———————————————

Todos os livros de Machado de Assis

7.

Apresentação

17.

Sobre esta edição

21.

———— Desencantos ————

113.

Notas sobre o texto

115.

Sugestões de leitura

117.

Índice de cenas

Apresentação

Hélio de Seixas Guimarães

Desencantos, que se apresenta como uma "fantasia dramática", foi o primeiro livro publicado por Machado de Assis. Do subtítulo pouco usual no repertório teatral do século XIX, compreende-se imediatamente o adjetivo "dramática", por se tratar de uma peça de teatro. O substantivo "fantasia", entretanto, parece conter certa ironia, já que a história se passa em tempo e espaço bastante concretos, com personagens facilmente reconhecíveis no ambiente fluminense oitocentista, sem nada que remeta a cenários exóticos ou criaturas sobrenaturais.

As notícias da publicação da peça começaram a aparecer nos jornais do Rio de Janeiro no início de setembro de 1861. Meses antes, um outro livro, *Queda que as mulheres têm para os tolos*, também levava o nome do escritor na página de rosto, com os seguintes dizeres: "Tradução do Snr. Machado de Assis". Apesar da indicação expressa, por muito tempo se acreditou que fosse o escritor carioca o autor desse livro, mas hoje está claro se tratar de tradução do ensaio satírico *De l'Amour des femmes pour les sots*, de Victor Hénaux.

Tanto *Desencantos* como *Queda* foram editados por Francisco de Paula Brito, afrodescendente como Machado de Assis, que conviveu com ele nas reuniões da Sociedade Petalógica, onde o adolescente de quinze, dezesseis anos discutia literatura e teatro. Paula Brito era também o editor do jornal *A Marmota*, no qual Machado de Assis colaborou a partir de 1855. Foi nesse periódico que publicou, em 1860, a comédia *Hoje aventaral, amanhã luva*, nesse caso não uma tradução, mas uma imitação da peça francesa *Chasse au lion* [Caça ao dândi, na verdade, caça ao marido], de Gustave Vattier e Émile de Najac. Sobre o incentivador e amigo, que morreu em dezembro de 1861, pouco depois da publicação de *Desencantos*, Machado de Assis declarou: "foi o primeiro editor digno desse nome que houve entre nós".

No início da década de 1860, Joaquim Maria Machado de Assis era um rapaz solteiro, órfão de mãe desde os nove anos, cujo pai estava casado havia sete anos com Maria Inês da Silva, sua madrasta. Costumava ir aos teatros da Corte, era amigo do poeta romântico Casimiro de Abreu, frequentava um círculo de imigrantes portugueses, amigos das letras e do comércio, e provavelmente já conhecera o poeta portuense Faustino Xavier de Novais, irmão de Carolina Augusta Xavier de Novais, que no final da década de 1860 se tornaria sua esposa. Entre os ofícios que exercera até então estavam os de tipógrafo, revisor de provas e colaborador na imprensa, como repórter e redator.

Apesar de ter apenas 22 anos por ocasião da sua estreia em livro, Machado de Assis participava intensamente da cena jornalística e literária do Rio de Janeiro pelo menos desde os quinze anos e já era um escritor bastante conhecido nos círculos literários da Corte. Em 1854 publicara no *Periódico dos Pobres* o soneto "À Ilma. Sra. D. P. J. A.", o primeiro texto de sua autoria de que se tem notícia até o momento. A partir de 1855, passou a colaborar cada vez com mais frequência em vários periódicos, passando pela *Marmota Fluminense* (depois rebatizada *A Marmota*), *O Paraíba*,

Correio Mercantil, *O Espelho*, *Diário do Rio de Janeiro* e *Semana Ilustrada*. Prova da boa posição que ocupava no início da década de 1860 está no fato de ter dedicado *Desencantos* a Quintino Bocaiuva, jornalista bastante conhecido, com quem já havia estabelecido uma amizade que duraria por muitas décadas.

Nos vários periódicos em que atuou, publicou poemas, traduções, contos, crítica, teatro, além de ensaios como "O passado, o presente e o futuro da literatura", em 1858 em *A Marmota*; "O jornal e o livro", em 1859 no *Correio Mercantil*; e "Ideias sobre o teatro", publicado em *O Espelho* e em *A Marmota*, respectivamente em 1859 e 1860. Nesses textos de tom exaltado, impressionam a amplitude de visão e o espírito combativo do escritor tão jovem como crente na evolução e no progresso. Eis o que escreve o rapaz de vinte anos em "Ideias sobre o teatro": "a palavra escrita na imprensa, a palavra falada na tribuna, ou a palavra dramatizada no teatro, produziu sempre uma transformação. É o grande *fiat* de todos os tempos". Constatando a inexistência de um teatro educativo e civilizador no Brasil, o crítico conclui seu texto clamando por "iniciativa e mais iniciativa".[1]

A publicação do primeiro livro mostra que não faltava iniciativa ao jovem escritor, mas, em contraste com o tom elevado e ambicioso dos escritos críticos, o enredo de seu livro de estreia é bastante singelo. A peça *Desencantos* está dividida em duas partes: a primeira, com sete cenas, se passa em Petrópolis, e a segunda, com oito cenas, na Corte. O tempo da ação

---

1. Machado de Assis, "Ideias sobre o teatro". *O Espelho*, Rio de Janeiro, 25 set./2 out. 1859.

é contemporâneo ao da publicação da peça e o ambiente é o da família brasileira de posses. Clara de Sousa, uma viúva, está às voltas com a escolha de dois pretendentes, caracteres diversos e complementares. O primeiro, Pedro Alves, é mais prático e objetivo; o segundo, Luís de Melo, é mais sonhador e idealista. Consoante com as personagens femininas de Machado de Assis, que tendem a ser mais práticas e objetivas, Clara acaba por se decidir pelo primeiro; e o segundo se retira, romanticamente, em uma viagem de cinco anos pelo Oriente. O retorno de Luís e o reencontro com Clara, na segunda parte, levam a peça para um desfecho surpreendente.

Neste primeiro livro, comparecem alguns temas e procedimentos que seriam recorrentes nos escritos de Machado de Assis. Por exemplo, o ciúme, esse "espírito belicoso", aparece aqui, dinamizando o triângulo amoroso formado por Clara, Luís e Pedro Alves, o primeiro ciumento da galeria de homens ciumentos que povoam os livros do escritor. A triangulação nesta peça tem num dos seus vértices uma viúva, personagem recorrente não só na prosa inicial de Machado de Assis, mas ao longo de toda sua carreira, culminando com a viúva Fidélia de seu último livro, o *Memorial de Aires*, publicado 47 anos depois de *Desencantos*, em 1908.

A figura da viúva, tão cultivada pelo escritor, dava-lhe a possibilidade de criar com verossimilhança mulheres que, pela experiência e também pela relativa autonomia em relação aos homens, podiam tomar posições e decidir. Numa sociedade em que as mulheres geralmente estavam submetidas ao pai ou ao marido, isso era raro. Assim, lemos aqui a protagonista Clara dizer ao segundo marido, o político Pedro Alves, frases ousadas, de sentido dúbio, tais como: "Se é tão aborrecido na câmara como é cá em casa, tenho pena do ministério e da maioria!"; ou então: "Quem o atender, supõe que se casou comigo pelos impulsos do coração. A verdade é que me esposou por vaidade, e que quer continuar essa lua de mel, não por amor, mas pelo susto natural de um proprietário, que receia perder um cabedal precioso".

A decepção e o tédio com o casamento levam a protagonista, já no fim da peça, a se perguntar, aflita: "Mas quando pensando encontrar a companhia desejada, encontra-se o aborrecimento e a insipidez encarnadas no objeto da nossa escolha?".

Entre os procedimentos aqui presentes e encontrados em vários escritos de Machado de Assis, de diferentes gêneros, está o uso de termos da botânica e também de referências literárias (Tomás Antônio Gonzaga, Abelardo e Heloísa, Píramo e Tisbe, Safo, Gonçalves de Magalhães) como metáforas das relações entre as personagens, que incluem o idílio, o drama e a comédia.

Escrita e publicada em momento de plena circulação das ideias românticas no Brasil, a peça aproveita-se de temas, tipos e valores vigentes, mas tinge tudo com uma mistura de graça e desilusão, o que fica aliás sugerido desde o título de sentido negativo. A rivalidade entre os protagonistas masculinos se dá em torno de dois tipos de homens: os de "juízo e espírito sólidos", realistas como Pedro; e os "visionários", que vivem no mundo abstrato das teorias platônicas, românticos como Luís.

Entre os traços românticos deste último, vale destacar certo orientalismo, típico do romantismo europeu, mas pouco frequente no romantismo brasileiro. A viagem de cinco anos ao Oriente, que decorre entre a primeira e a segunda partes da peça, define o caráter fantasioso de Luís, em contraste com o pragmatismo de Pedro e Clara:

CLARA

Vale então a pena perder cinco anos?

LUÍS

Vale.

PEDRO ALVES

Se não fosse o meu distrito sempre quisera ir ver essas cousas de perto.

CLARA

Mas que sacrifício! Como é possível trocar os conchegos do repouso e da quietação pelas aventuras de tão penosa viagem?

LUÍS

Se as cousas boas não se alcançassem à custa de um sacrifício, onde estaria o valor delas? O fruto maduro ao alcance da mão do bem-aventurado a quem as huris embalam, só existe no paraíso de Maomé.

CLARA

Vê-se que chega de tratar com árabes.

LUÍS

Pela comparação? Dou-lhe outra mais ortodoxa: o fruto provado por Eva custou-lhe o sacrifício do paraíso terrestre.

CLARA

Enfim, ajunte exemplo sobre exemplo, citação sobre citação, e ainda assim não me fará sair dos meus cômodos.

LUÍS

O primeiro passo é difícil. Dado ele, apodera-se da gente um furor de viajar, que eu chamarei febre de locomoção.

CLARA

Que se apaga pela saciedade?

LUÍS

Pelo cansaço. E foi o que me aconteceu: parei de cansado. Volto a repousar com as recordações colhidas no espaço de cinco anos.

As viagens, o movimento e o tédio, tão valorizados pelo romantismo, ajustam-se aqui perfeitamente ao perfil sonhador de Luís. Entretanto, a afirmação da relatividade da verdade e da mobilidade dos sentimentos, inclusive do amor, assunto que ganhará sua configuração imortal no conto "Noite de almirante" (1884), tem aqui sua primeira formulação. Ao perguntar a Luís se ele duvida de que esteja falando a verdade a respeito dos seus sentimentos por ele, Clara recebe como resposta do antigo pretendente: "Creio que é tão verdadeira hoje, como foi há cinco anos, e é nisso que está o milagre da conversão".

A recepção de *Desencantos* foi bastante discreta, mas não nula. Na edição de 10 de outubro de 1861, a *Revista Popular* publicou um comentário relativamente alentado sobre a peça, descrita da seguinte forma: "*Desencantos*, como o intitulou seu inteligente autor, é um livrinho recheado de belezas, escrito com suma graça e naturalidade, e que prova à primeira vista ter passado pelo cadinho da poesia para aparecer em público".[2] O livro também recebeu atenção de Adolphe Hubert, que publicou em francês um artigo elogioso no *Courrier du Brésil* [Correio do Brasil], em setembro de 1861. Conta Ubiratan Machado, em seu *Dicionário de Machado de Assis*, que *Desencantos* deu origem ao primeiro texto de Machado traduzido, já que Hubert incluiu em sua crítica uma tradução para o francês da cena VII do segundo ato.

Apesar da atenção que recebeu, a peça só teve uma edição publicada no período de vida do autor, e não há notícias de que o escritor a tenha visto encenada publicamente, como aliás foi comum no teatro brasileiro do século XIX, em que as peças muitas vezes ficaram restritas à publicação em periódicos e livros.

Referências bibliográficas

ASSIS, Machado de. *Correspondência de Machado de Assis, tomo I: 1860-1869*. Coord. de Sergio Paulo Rouanet. Org. e comentários de Irene Moutinho e Sílvia Eleutério. Rio de Janeiro: Academia Brasileira de Letras, 2008.

2. *Revista Popular*, Rio de Janeiro, tomo XII, p. 126, out./dez. 1861.

BRASIL. MINISTÉRIO DA EDUCAÇÃO E SAÚDE PÚBLICA. *Exposição Machado de Assis: Centenário do nascimento de Machado de Assis: 1839-1939*. Intr. de Augusto Meyer. Rio de Janeiro: Serviço Gráfico do Ministério da Educação e Saúde, 1939.

CARVALHO, Castelar de. *Dicionário de Machado de Assis: Língua, estilo, temas*. 2. ed. rev. e atual. Rio de Janeiro: Lexikon, 2018.

FARIA, João Roberto (Org.). *Machado de Assis: Do teatro. Textos críticos e escritos diversos*. São Paulo: Perspectiva, 2008.

MACHADO, Ubiratan (Org.). *Machado de Assis: Roteiro da consagração (crítica em vida do autor)*. Rio de Janeiro: EduERJ, 2003.

_____. *Dicionário de Machado de Assis*. 2. ed. rev. e ampl. São Paulo: Imprensa Oficial; Rio de Janeiro: Academia Brasileira de Letras; Lisboa: Imprensa Nacional, 2021.

SOUSA, José Galante de. *Bibliografia de Machado de Assis*. Rio de Janeiro: Instituto Nacional do Livro, 1955.

_____. *Fontes para o estudo de Machado de Assis*. Rio de Janeiro: Instituto Nacional do Livro, 1958.

_____. "Cronologia de Machado de Assis" [1958]. *Cadernos de Literatura Brasileira: Machado de Assis*, São Paulo, Instituto Moreira Salles, n. 23/24, pp. 10-40, jul. 2008.

Sobre esta edição

Esta edição tomou como base a única publicada em vida do autor, que saiu em 1861 no Rio de Janeiro pela Paula Brito, Editor. Para o cotejo, foram utilizados os exemplares pertencentes à Biblioteca Brasiliana Guita e José Mindlin, da Universidade de São Paulo, e à Biblioteca do Senado. Também foram consultadas a edição preparada por Teresinha Marinho, Carmem Gadelha e Fátima Saadi publicada no volume *Teatro completo de Machado de Assis* (Rio de Janeiro: Ministério da Educação e Saúde, 1982) e a organizada por João Roberto Faria, *Teatro de Machado de Assis* (São Paulo: Martins Fontes, 2003).

O estabelecimento do texto orientou-se pelo princípio da máxima fidedignidade àquele tomado como base, adotando as seguintes diretrizes: a pontuação foi mantida, mesmo quando não está em conformidade com os usos atuais; a ortografia foi atualizada, registrando-se as variantes e mantendo-se as oscilações na grafia de algumas palavras; os sinais gráficos, tais como aspas, apóstrofos e travessões, foram padronizados.

Um dos intuitos desta edição é preservar o ritmo de leitura implícito na pontuação que consta em textos sobre os quais atuaram vários agentes, tais como editores, revisores e tipógrafos, mas cuja publicação foi supervisionada pelo escritor. A indicação das variantes ortográficas e a manutenção do modo de ordenação das palavras e dos grifos são importantes para caracterizar a dicção das personagens e constituem também registros, ainda que indiretos, dos hábitos de fala e de escrita de um tempo e lugar, o Rio de Janeiro do século XIX. Ali, imigrantes, especialmente de Portugal, conviviam com afrodescendentes — como é o caso da família de origem do escritor e também daquela que Machado de Assis constituiu com Carolina Xavier de Novais —, e as referências literárias e culturais europeias estavam muito presentes nos círculos letrados nos quais Machado de Assis se formou e que frequentou ao longo de toda a vida.

Neste volume, foram adotadas as formas mais correntes das seguintes variantes registradas no *Vocabulário ortográfico da língua portuguesa* (6. ed. Rio de Janeiro: Academia Brasileira de Letras, 2021): "contacto", "facto", "reflectido" e "susceptível", e mantida a grafia de "cousa", "doudo", "dous", "moirar" e "moiro".

Para a identificação e atualização das variantes, também foram consultados o *Índice do vocabulário de Machado de Assis*, publicação digital da Academia Brasileira de Letras, e o *Vocabulário onomástico da língua portuguesa* (Rio de Janeiro: Academia Brasileira de Letras, 1999). Os *Vocabulários* e o *Índice* são as obras de referência para a ortografia adotada nesta edição.

Os destaques do texto de base, com itálico ou aspas, foram mantidos. As palavras em língua estrangeira que aparecem sem qualquer destaque foram atualizadas. Nos casos em que as obras de referência são omissas, manteve-se a grafia da edição de base. Esta também foi respeitada quanto ao uso de maiúsculas e minúsculas, incluindo as oscilações. A palavra "câmara", por exemplo, aparece grafada com inicial minúscula em toda a peça, sugerindo uma ambivalência de sentidos entre o aposento íntimo, geralmente o quarto de dormir, e o local público, que reúne os deputados.

Os sinais gráficos foram padronizados da seguinte forma: aspas (" "), reticências (...) e travessões (—).

As abreviaturas adotadas para "senhor", "senhora" e "vossa excelência" foram "Sr.", "Sra." e "V. Exa.".

As rubricas foram padronizadas e as palavras abreviadas foram desenvolvidas. Os nomes das personagens, na introdução de suas falas, vêm sempre em versalete. Os textos das rubricas aparecem entre parênteses e em itálico.

As intervenções no texto que não seguem os princípios indicados anteriormente ou que não se devem a erros evidentes de composição tipográfica vêm indicadas por notas de fim, chamadas por letras.

As notas de rodapé, chamadas por números, visam elucidar o significado de palavras, referências ou citações não facilmente encontráveis nos bons dicionários da língua ou por meio de ferramentas eletrônicas de busca. Por vezes, elas abordam também o contexto a que se referem os escritos. As deste volume foram elaboradas por Hélio de Seixas Guimarães [HG], Marcelo Diego [MD] e Paulo Dutra [PD].

O organizador agradece a João Roberto Faria pela leitura da apresentação e pelas sugestões.

Machado de Assis

—————

Desencantos

Fantasia dramática

A
Quintino Bocaiuva

Interlocutores

CLARA DE SOUSA

LUÍS DE MELO

PEDRO ALVES

Primeira parte

Em Petrópolis
(*Um jardim. Terraço no fundo.*)

––––––––––––––––––––––––––––––

Cena I
CLARA, LUÍS DE MELO

––––––––––––––––––––––––––––––

CLARA

Custa a crer o que me diz. Pois deveras saiu aborrecido do baile?

LUÍS

É verdade.

CLARA

Dizem entretanto que esteve animado...

LUÍS

Esplêndido!

CLARA

Esplêndido, sim!

LUÍS

Maravilhoso!

CLARA

Essa é pelo menos a opinião geral. Se eu lá fosse, estou certa de que seria a minha.

LUÍS

Pois eu lá fui e não é essa a minha opinião.

CLARA

É difícil de contentar nesse caso.

LUÍS

Oh não!

CLARA

Então as suas palavras são um verdadeiro enigma.

LUÍS

Enigma de fácil decifração.

CLARA

Nem tanto.

LUÍS

Quando se dá preferência a uma flor, à violeta, por exemplo, todo o jardim onde ela não apareça, embora esplêndido, é sempre incompleto.

CLARA

Faltava então uma violeta nesse jardim?

LUÍS

Faltava. Compreende agora?

CLARA

Um pouco.

LUÍS

Ainda bem!

CLARA

Venha sentar-se neste banco de relva, à sombra desta árvore copada. Nada lhe falta para compor um idílio, já que é dado a esse gênero de poesia. Tinha então muito interesse em ver lá essa flor?

LUÍS

Tinha. Com a mão na consciência, falo-lhe a verdade; essa flor não é uma predileção do espírito, é uma escolha do coração.

CLARA

Vejo que se trata de uma paixão. Agora compreendo a razão por que não lhe agradou o baile, e o que era enigma, passa a ser a cousa mais natural do mundo. Está absolvido do seu delito.

LUÍS

Bem vê que tenho circunstâncias atenuantes a meu favor.

CLARA

Então o Sr. ama?

LUÍS

Loucamente, e como se pode amar aos vinte e dous anos, com todo o ardor de um coração cheio de vida. Na minha idade o amor é uma preocupação exclusiva, que se apodera do coração e da cabeça. Experimentar outro sentimento, que não seja esse, pensar em outra cousa, que não seja o objeto escolhido pelo coração, é impossível. Desculpe se lhe falo assim...

CLARA

Pode continuar. Fala com um entusiasmo tal, que me faz parecer estar ouvindo algumas das estrofes do nosso apaixonado Gonzaga.[1]

LUÍS

O entusiasmo do amor é porventura o mais vivo e ardente.

CLARA

E por isso o menos duradouro. É como a palha que se inflama com intensidade, mas que se apaga logo depois.

---

1. Tomás Antônio Gonzaga (1744-1810) destacou-se pelos poemas amorosos endereçados a Marília, sob o nome de Dirceu, e é na condição de poeta apaixonado que ele é lembrado pela personagem. [MD/HG]

LUÍS

Não aceito a comparação. Pois Deus havia de inspirar ao homem esse sentimento, tão suscetível de morrer assim? Demais, a prática mostra o contrário.

CLARA

Já sei. Vem falar-me de Heloísa e Abelardo,^ Píramo e Tisbe,[2] e quanto exemplo a história e a fábula nos dão. Esses não provam. Mesmo porque são exemplos raros, é que a história os aponta. Fogo de palha, fogo de palha e nada mais.

LUÍS

Pesa-me que de seus lábios saiam essas palavras.

CLARA

Por quê?

LUÍS

Porque eu não posso admitir a mulher sem os grandes entusiasmos do coração. Chamou-me há pouco de poeta; com

---

2. O religioso Abelardo e a nobre Heloísa viveram entre os séculos XI e XII um amor secreto; quando descobertos, ele foi submetido à castração, e ela, recolhida a um convento. Ainda assim, continuaram, por meio de cartas, um intenso relacionamento. Píramo e Tisbe eram filhos de famílias inimigas e viveram um amor proibido que terminou de forma trágica. A história é narrada pelo poeta romano Ovídio nas *Metamorfoses* (*c.* 8 d.C.). [MD/HG]

efeito eu assemelho-me por esse lado aos filhos queridos das musas. Esses imaginam a mulher um ente intermediário que separa os homens dos anjos e querem-na participante das boas qualidades de uns e de outros. Dir-me-á que se eu fosse agiota não pensaria assim; eu responderei que não são os agiotas os que têm razão neste mundo.

CLARA

Isso é que é ver as cousas através de um vidro de cor. Diga-me: sente deveras o que diz a respeito do amor, ou está fazendo uma profissão de fé de homem político?

LUÍS

Penso e sinto assim.

CLARA

Dentro de pouco tempo verá que tenho razão.

LUÍS

Razão de quê?

CLARA

Razão de chamar fogo de palha ao fogo que lhe devora o coração.

LUÍS

Espero em Deus que não.

CLARA

Creia que sim.

LUÍS

Falou-me há pouco em fazer um idílio, e eu estou com desejos de compor uma ode sáfica.[3]

CLARA

A que respeito?

LUÍS

Respeito à crueldade das violetas.

CLARA

E depois ia atirar-se à torrente da Itamarati?[4] Ah! como anda atrasado do seu século!

LUÍS

Ou adiantado...

CLARA

Adiantado, não creio. Voltaremos nós à simplicidade antiga?

3. Referência a Safo, poeta grega dos séculos VII e VI a.C., que nasceu, viveu e morreu na ilha de Lesbos. Sua obra lírica é eminentemente amorosa e tematiza, entre outros aspectos, o amor entre mulheres. A utilização de termos literários (estrofe, fábula, idílio, ode) como metáforas do que as personagens vivem ou imaginam viver é muito recorrente nos escritos de Machado de Assis. [MD/HG]
4. A cascata do Itamarati, queda d'água do rio Piabanha, fica próxima a Petrópolis, no Rio de Janeiro. [MD]

LUÍS

Oh! tinha razão aquela pobre poetisa de Lesbos em atirar-se às ondas. Encontrou na morte o esquecimento das suas dores íntimas. De que lhe servia viver amando sem esperança?

CLARA

Dou-lhe de conselho que perca esse entusiasmo pela antiguidade. A poetisa de Lesbos quis figurar na história com uma face melancólica; atirou-se de Lêucade.[A] Foi cálculo e não virtude.

LUÍS

Está pecando, minha senhora.

CLARA

Por blasfemar do seu ídolo?

LUÍS

Por blasfemar de si. Uma mulher nas condições da décima musa nunca obra por cálculo. E V. Exa., por mais que queira,[B] deve estar nas mesmas condições de sensibilidade, que a poetisa antiga, bem como está nas de beleza.

Cena II

LUÍS DE MELO, CLARA, PEDRO ALVES

_____

PEDRO ALVES

Boa tarde, minha interessante vizinha. Sr. Luís de Melo!

CLARA

Faltava o primeiro folgazão de Petrópolis, a flor da emigração!

PEDRO ALVES

Nem tanto assim.

CLARA

Estou encantada por ver assim a meu lado os meus dous vizinhos, o da direita e o da esquerda.

PEDRO ALVES

Estavam conversando? Era segredo?

CLARA

Oh! não. O Sr. Luís de Melo fazia-me um curso de história depois de ter feito outro de botânica. Mostrava-me a sua estima pela violeta e pela Safo.

PEDRO ALVES

E que dizia a respeito de uma e de outra?

CLARA

Erguia-as às nuvens. Dizia que não considerava jardim sem violeta, e quanto ao salto de Lêucade, batia palmas com verdadeiro entusiasmo.

PEDRO ALVES

E ocupava V. Exa. com essas cousas? Duas questões banais. Uma não tem valor moral, outra não tem valor atual.

LUÍS

Perdão, o Sr. chegava quando eu ia concluir o meu curso botânico e histórico. Ia dizer que também detesto as parasitas de todo o gênero, e que tenho asco aos histriões de Atenas.[5] Terão estas duas questões valor moral e atual?

PEDRO ALVES
(enfiado)
Confesso que não compreendo.

CLARA

Diga-me, Sr. Pedro Alves: foi à partida[6] de ontem à noite?

---

5. A referência aos histriões, atores cômicos de Atenas, é feita em oposição à referência a Safo, produzindo-se uma mistura do riso e da seriedade, tão marcante nos escritos de Machado de Assis. [MD/HG]
6. A palavra é aqui empregada no sentido, corrente no português do século XIX, de "reunião social", "festa". [MD]

PEDRO ALVES

Fui, minha senhora.

CLARA

Divertiu-se?

PEDRO ALVES

Muito. Dancei e joguei a fartar, e quanto a doces, não enfardei mal o estômago. Foi uma deslumbrante função. Ah! notei que não estava lá.

CLARA

Uma maldita enxaqueca reteve-me em casa.

PEDRO ALVES

Maldita enxaqueca!

CLARA

Consola-me a ideia de que não fiz falta.

PEDRO ALVES

Como? não fez falta?

CLARA

Cuido que todos seguiram o seu exemplo e que dançaram e jogaram a fartar, não enfardando mal o estômago, quanto a doces.

PEDRO ALVES

Deu um sentido demasiado literal às minhas palavras.

CLARA

Pois não foi isso que me disse?

PEDRO ALVES

Mas eu queria dizer outra cousa.

CLARA

Ah! isso é outro caso. Entretanto acho que é dado a qualquer divertir-se ou não num baile, e por consequência dizê-lo.

PEDRO ALVES

A qualquer, D. Clara!

CLARA

Aqui está o nosso vizinho que acaba de me dizer que se aborreceu no baile...

PEDRO ALVES
(*consigo*)

Ah! (*alto*) De fato, eu o vi entrar e sair pouco depois com ar assustadiço e penalizado.

LUÍS

Tinha de ir tomar chá em casa de um amigo e não podia faltar.

PEDRO ALVES

Ah! foi tomar chá. Entretanto correram certos boatos depois que o senhor saiu.

LUÍS

Boatos?

PEDRO ALVES

É verdade. Houve quem se lembrasse de dizer que o senhor saíra logo por não ter encontrado da parte de uma dama que lá estava o acolhimento que esperava.

CLARA
(*olhando para Luís*)

Ah!

LUÍS

Oh! isso é completamente falso. Os maldizentes estão por toda parte, mesmo nos bailes; e desta vez não houve tino na escolha dos convidados.

PEDRO ALVES

Também é verdade. (*baixo a Clara*) Recebeu o meu bilhete?

CLARA
(*depois de um olhar*)

Como é bonito o pôr do sol! Vejam que magnífico espetáculo!

LUÍS

É realmente encantador!

PEDRO ALVES

Não é feio; tem mesmo alguma cousa de grandioso. (*vão ao terraço*)

LUÍS

Que colorido e que luz!

CLARA

Acho que os poetas têm razão em celebrarem esta hora final do dia!

LUÍS

Minha senhora, os poetas têm sempre razão. E quem não se extasiará diante deste quadro?

CLARA

Ah!

LUÍS E PEDRO ALVES

O que é?

CLARA

É o meu leque que caiu! Vou mandar apanhá-lo.

PEDRO ALVES

Como apanhar? Vou eu mesmo.

CLARA

Ora, tinha que ver! Vamos para a sala e eu mandarei buscá-lo.

PEDRO ALVES

Menos isso. Deixe-me a glória de trazer-
-lhe o leque.

LUÍS

Se consente, eu faço concorrência ao desejo do Sr. Pedro Alves...

CLARA

Mas então apostaram-se?

LUÍS

Mas se isso é um desejo de nós ambos.
Decida.

PEDRO ALVES

Então o senhor quer ir?

LUÍS

(*a Pedro Alves*)

Não vê que espero a decisão?

PEDRO ALVES

Mas a ideia é minha. Entretanto, Deus me
livre de dar-lhe motivo de queixa, pode ir.

LUÍS

Não espero mais nada.

Cena III

PEDRO ALVES, CLARA

PEDRO ALVES

Este nosso vizinho tem uns ares de superior que me desagradam. Pensa que não compreendi a alusão da parasita e dos histriões? O que não me fazia conta era desrespeitar a presença de V. Exa., mas não faltam ocasiões para castigar um insolente.

CLARA

Não lhe acho razão para falar assim. O Sr. Luís de Melo é um moço de maneiras delicadas e está longe de ofender a quem quer que seja, muito menos a uma pessoa que eu considero...

PEDRO ALVES

Acha?

CLARA

Acho sim.

PEDRO ALVES

Pois eu não. São modos de ver. Tal seja o ponto de vista em que V. Exa. se coloca... Cá o meu olhar apanha-o em cheio e diz-me que ele merece bem uma lição.

CLARA

Que espírito belicoso é esse?

PEDRO ALVES

Este espírito belicoso é o ciúme. Eu sinto ter por concorrente a este vizinho que se antecipa a visitá-la, e a quem V. Exa. dá tanta atenção.

CLARA

Ciúme!

PEDRO ALVES

Ciúme, sim. O que me respondeu V. Exa. à pergunta que lhe fiz sobre o meu bilhete? Nada, absolutamente nada. Talvez nem o lesse; entretanto eu pintava-lhe nele o estado do meu coração, mostrava-lhe os sentimentos que me agitam, fazia-lhe uma autópsia, era uma autópsia, que eu lhe fazia de meu coração. Pobre coração! tão mal pago dos seus extremos, e entretanto tão pertinaz em amar!

CLARA

Parece-me bem apaixonado. Devo considerar-me feliz por ter perturbado a quietação do seu espírito. Mas a sinceridade nem sempre é companheira da paixão!

PEDRO ALVES

Raro se aliam é verdade, mas desta vez não é assim. A paixão que eu sinto é sincera, e pesa-me que meus avós não tivessem uma espada para eu sobre ela jurar...

CLARA

Isso é mais uma arma de galantaria que um testemunho de verdade. Deixe antes que o tempo ponha em relevo os seus sentimentos.

PEDRO ALVES

O tempo! Há tanto que me diz isso! Entretanto continua o vulcão em meu peito e só pode ser apagado pelo orvalho do seu amor.

CLARA

Estamos em pleno outeiro. As suas palavras parecem um mote glosado em prosa. Ah! a sinceridade não está nessas frases gastas e ocas.

PEDRO ALVES

O meu bilhete, entretanto, é concebido em frases bem tocantes e simples.

CLARA

Com franqueza, eu não li o seu bilhete.

PEDRO ALVES

Deveras?

CLARA

Deveras.

PEDRO ALVES

(*tomando o chapéu*)

Com licença.

CLARA

Onde vai? Não compreende que quando digo que não li o seu bilhete é porque que quero[A] ouvir da sua própria boca as palavras que nele se continham?

PEDRO ALVES

Como? Será por isso?

CLARA

Não acredita?

PEDRO ALVES

É capricho de moça bonita e nada mais. Capricho sem exemplo.

CLARA

Dizia-me então?...

PEDRO ALVES

Dizia-lhe que, com o espírito vacilante como baixel prestes a soçobrar, eu lhe escrevia à luz do relâmpago que me fuzila n'alma aclarando as trevas que uma desgraçada paixão aí me deixa. Pedia-lhe a luz dos seus olhos sedutores para servir de guia na vida e poder encontrar sem perigo o porto de salvamento. Tal é no seu espírito a segunda edição de minha carta. As cores que nela empreguei são a fiel tradução do que sentia e sinto. Está pensativa?

CLARA

Penso em que, se me fala verdade, a sua paixão é rara e nova para estes tempos.

PEDRO ALVES

Rara e muito rara; pensa que eu sou lá desses que procuram vencer pelas palavras melífluas e falsas? Sou rude, mas sincero.

CLARA

Apelemos para o tempo.

PEDRO ALVES

É um juiz tardio. Quando a sua sentença chegar, eu estarei no túmulo e será tarde.

CLARA

Vem agora com ideias fúnebres!

PEDRO ALVES

Eu não apelo para o tempo. O meu juiz está em face de mim, e eu quero já beijar antecipadamente a mão que há de lavrar a minha sentença de absolvição. (*Quer beijar-lhe a mão. Clara sai.*) Ouça! Ouça!

Cena IV

LUÍS DE MELO, PEDRO ALVES

PEDRO ALVES

(*só*)

Fugiu! Não tarda ceder. Ah! o meu adversário!

LUÍS

D. Clara?

PEDRO ALVES

Foi para a outra parte do jardim.

LUÍS

Bom. (*vai sair*)

PEDRO ALVES

Disse-me que o fizesse esperar; e eu estimo bem estarmos a sós porque tenho de lhe dizer algumas palavras.

LUÍS

Às suas ordens. Posso ser-lhe útil?

PEDRO ALVES

Útil a mim e a si. Eu gosto das situações claras e definidas. Quero poder dirigir a salvo e seguro o meu ataque. Se lhe falo deste modo é porque simpatizando com as suas maneiras, desejo não trair a uma pessoa a quem me ligo por um vínculo secreto. Vamos ao caso: é preciso que me diga quais as suas intenções, qual o seu plano de guerra; assim, cada um pode atacar por seu lado a praça, e o triunfo será do que melhor tiver empregado os seus tiros.

LUÍS

A que vem essa belicosa parábola?

PEDRO ALVES

Não compreende?

LUÍS

Tenha a bondade de ser mais claro.

PEDRO ALVES

Mais claro ainda? Pois serei claríssimo: a viúva do coronel é uma praça sitiada.

LUÍS

Por quem?

PEDRO ALVES

Por mim, confesso. E afirmo que por nós ambos.

LUÍS

Informaram-no mal. Eu não faço a corte à viúva do coronel.

PEDRO ALVES

Creio em tudo quanto quiser, menos nisso.

LUÍS

A sua simpatia por mim vai até desmentir
as minhas asserções?

PEDRO ALVES

Isso não é discutir. Deveras, não faz a corte
à nossa interessante vizinha?

LUÍS

Não, as minhas atenções para com ela não
passam de uma retribuição a que, como
homem delicado, não me poderia furtar.

PEDRO ALVES

Pois eu faço.

LUÍS

Seja-lhe para bem! Mas a que vem isso?

PEDRO ALVES

A cousa alguma. Desde que me afiança
não ter a menor intenção oculta nas suas
atenções, a explicação está dada. Quanto
a mim, faço-lhe a corte e digo-o bem alto.
Apresento-me candidato ao seu coração
e para isso mostro títulos valiosos. Dirão que sou presumido; podem dizer o
que quiser.

LUÍS

Desculpe a curiosidade: quais são esses títulos?

PEDRO ALVES

A posição que a fortuna me dá, um físico que pode-se chamar belo, uma coragem capaz de afrontar todos os muros e grades possíveis e imagináveis, e para coroar a obra uma discrição de pedreiro-livre.[7]

LUÍS

Só?

PEDRO ALVES

Acha pouco?

LUÍS

Acho.

PEDRO ALVES

Não compreendo que haja precisão de mais títulos além destes.

LUÍS

Pois há. Essa posição, esse físico, essa coragem e essa discrição, são decerto apreciáveis, mas duvido que tenham valor diante de uma mulher de espírito.

---

7. "Pedreiro-livre" é uma referência à discrição dos *freemasons*, ou seja, maçons, membros de uma loja maçônica. [MD]

PEDRO ALVES

Se a mulher de espírito for da sua opinião.

LUÍS

Sem dúvida alguma que há de ser.

PEDRO ALVES

Mas continue, quero ouvir o fim de seu discurso.

LUÍS

Onde fica no seu plano de guerra, já que aprecia este gênero de figura, onde fica, digo eu, o amor verdadeiro, a dedicação sincera, o respeito filho de ambos e que essa D. Clara sitiada deve inspirar?

PEDRO ALVES

A corda em que acaba de tocar está desafinada há muito tempo e não dá som. O amor, o respeito, e a dedicação! Se o não conhecesse diria que o senhor acaba de chegar do outro mundo.

LUÍS

Com efeito, pertenço a um mundo que não é absolutamente o seu. Não vê que tenho um ar de quem não está em terra própria e fala com uma variedade da espécie?

PEDRO ALVES

Já sei; pertence à esfera dos sonhadores e dos visionários. Conheço boa soma de seus semelhantes que me tem dado bem boas horas de riso e de satisfação. É uma tribo que se não acaba, pelo que vejo?

LUÍS

Ao que parece, não.

PEDRO ALVES

Mas é evidente que perecerá.

LUÍS

Não sei. Se eu quisesse concorrer ao bloqueio da praça em questão, era azada ocasião para julgarmos do esforço recíproco e vermos até que ponto a ascendência do elemento positivo exclui a influência do elemento ideal.

PEDRO ALVES

Pois experimente.

LUÍS

Não; disse-lhe já que respeito muito a viúva do coronel e estou longe de sentir por ela a paixão do amor.

PEDRO ALVES

Tanto melhor. Sempre é bom não ter pretendentes para combater. Ficamos amigos, não?

LUÍS

Decerto.

PEDRO ALVES

Se eu vencer o que dirá?

LUÍS

Direi que há certos casos em que com toda
a satisfação se pode ser padrasto e direi
que esse é o seu caso.

PEDRO ALVES

Oh! se a Clarinha não tiver outro padrasto
senão eu...

Cena V

PEDRO ALVES, LUÍS, D. CLARA

————————————————————

CLARA

Estimo bem vê-los juntos.

PEDRO ALVES

Discutíamos.

LUÍS

Aqui tem o seu leque; está intacto.

CLARA

Meu Deus, que trabalho que foi tomar. Agradeço-lho do íntimo. É uma prenda que tenho em grande conta; foi-me dado por minha irmã Matilde, em dia de anos meus. Mas tenha cuidado; não aumente tanto a lista das minhas obrigações; a dívida pode engrossar e eu não terei por fim com que solvê-la.

LUÍS

De que dívida me fala? A dívida aqui é minha, dívida perene, que eu mal amortizo por uma gratidão sem limite. Posso eu pagá-la nunca?

CLARA

Pagar o quê?

LUÍS

Pagar essas horas de felicidade calma que a sua graciosa urbanidade me dá e que constituem os meus fios de ouro no tecido da vida.

PEDRO ALVES

Reclamo a minha parte nessa ventura.

CLARA

Meu Deus, declaram-se em justa? Não vejo senão quebrarem lanças em meu favor. Cavalheiros, ânimo, a liça está aberta, e a castelã espera o reclamo do vencedor.

LUÍS

Oh! a castelã pode quebrar o encanto do vencedor desamparando a galeria e deixando-o só com as feridas abertas no combate.

CLARA

Tão pouca fé o anima?

LUÍS

Não é a fé das pessoas que me falta, mas a fé da fortuna. Fui sempre tão mal-aventurado que nem tento acreditar por um momento na boa sorte.

CLARA

Isso não é natural num cavalheiro cristão.

LUÍS

O cavalheiro cristão está prestes a moirar.

CLARA

Oh!

LUÍS

O sol do oriente aquece os corações, ao passo que o de Petrópolis esfria-os.

CLARA

Estude antes o fenômeno e não vá sacrificar a sua consciência. Mas, na realidade, tem sempre encontrado a derrota nas suas pelejas?

LUÍS

A derrota foi sempre a sorte das minhas armas. Será que elas sejam mal temperadas? será que eu não as maneje bem? Não sei.

PEDRO ALVES

É talvez uma e outra cousa.

LUÍS

Também pode ser.

CLARA

Duvido.

PEDRO ALVES

Duvida?

CLARA

E sabe quais são as vantagens de seus vencedores?

LUÍS

Demais até.

CLARA

Procure alcançá-las.

LUÍS

Menos isso. Quando dous adversários se medem, as mais das vezes o vencedor é sempre aquele, que à elevada qualidade de tolo reúne uma sofrível dose de presunção. A esse as palmas da vitória, a esse a boa fortuna da guerra: quer que o imite?

CLARA

Disse — as mais das vezes — confessa, pois, que há exceções.

LUÍS

Fora absurdo negá-las, mas declaro que nunca as encontrei.

CLARA

Não deve desesperar, porque a fortuna aparece quando menos se conta com ela.

LUÍS

Mas aparece às vezes tarde. Chega quando a porta está cerrada e tudo que nos cerca é silencioso e triste. Então a peregrina demorada entra como uma amiga consoladora, mas sem os entusiasmos do coração.

CLARA

Sabe o que o perde? É a fantasia.

LUÍS

A fantasia?

CLARA

Não lhe disse há pouco que o senhor via as cousas através de um vidro de cor? É o óculo da fantasia, óculo brilhante, mas mentiroso, que transtorna o aspecto do panorama social, e que faz vê-lo pior do que é, para dar-lhe um remédio melhor do que pode ser.

PEDRO ALVES

Bravo! Deixe-me, V. Exa.,^ beijar-lhe a mão.

CLARA

Por quê?

PEDRO ALVES

Pela lição que acaba de dar ao Sr. Luís de Melo.

CLARA

Ah! por que o acusei de visionário? O nosso vizinho carece de quem lhe fale assim. Perder-se-á se continuar a viver no mundo abstrato das suas teorias platônicas.

PEDRO ALVES

Ou por outra, e mais positivamente; V. Exa. mostrou-lhe que acabou o reinado das baladas e da pasmaceira para dar lugar ao império dos homens de juízo e dos espíritos sólidos.

LUÍS

V. Exa. toma então o partido que me é adverso?

CLARA

Eu não tomo partido nenhum.

LUÍS

Entretanto, abriu brecha aos assaltos do Sr. Pedro Alves, que se compraz em mostrar-se espírito sólido e homem de juízo.

PEDRO ALVES

E de muito juízo. Pensa que eu adoto o seu sistema de fantasia, e por assim dizer, de choradeira? Nada, o meu sistema é absolutamente oposto; emprego os meios bruscos por serem os que estão de acordo com o verdadeiro sentimento. Os da minha têmpera são assim.

LUÍS

E o caso é que são felizes.

PEDRO ALVES

Muito felizes. Temos boas armas e manejamo-las bem. Chame a isso toleima e presunção, pouco nos importa; é preciso que os vencidos tenham um desafogo.

CLARA

(*a Luís de Melo*)

O que diz a isto?

LUÍS

Digo que estou muito fora do meu século. O que fazer contra adversários que se contam em grande número, número infinito, a admitir a versão dos livros santos?

CLARA

Mas, realmente, não vejo que pudesse responder com vantagem.

LUÍS

E V. Exa. sanciona a teoria contrária?

CLARA

A castelã não sanciona, anima os lidadores.

LUÍS

Animação negativa para mim. V. Exa. dá-
-me licença?

CLARA

Onde vai?

LUÍS

Tenho uma pessoa que me espera em casa.
V. Exa. janta às seis, o meu relógio marca
cinco. Dá-me este primeiro quarto de hora?

CLARA

Com pesar, mas não quero tolhê-lo. Não
falte.

LUÍS

Volto já.

Cena VI

CLARA, PEDRO ALVES

PEDRO ALVES

Estou contentíssimo.

CLARA

Por quê?

PEDRO ALVES

Porque lhe demos uma lição.

CLARA

Ora, não seja mau!

PEDRO ALVES

Mau! Eu sou bom até demais. Não vê como ele me provoca a cada instante?

CLARA

Mas, quer que lhe diga uma cousa? É preciso acabar com essas provocações contínuas.

PEDRO ALVES

Pela minha parte, nada há; sabe que sou sempre procurado na minha gruta. Ora, não se toca impunemente no leão...

CLARA

Pois seja leão até a última, seja magnânimo.

PEDRO ALVES

Leão apaixonado e magnânimo? Se fosse por mim só, não duvidaria perdoar. Mas diante de V. Exa., por quem tenho presa a alma, é virtude superior às minhas forças. E, entretanto, V. Exa. obstina-se em achar-lhe razão.

CLARA

Nem sempre.

PEDRO ALVES

Mas vejamos, não é exigência minha, mas eu desejo, imploro, uma decisão definitiva[A] da minha sorte. Quando se ama como eu amo, todo o paliativo é uma tortura que se não pode sofrer!

CLARA

Com que fogo se exprime! Que ardor, que entusiasmo!

PEDRO ALVES

É sempre assim. Zombeteira!

CLARA

Mas o que quer então?

PEDRO ALVES

Franqueza.

CLARA

Mesmo contra os seus interesses?

PEDRO ALVES

Mesmo... contra tudo.

CLARA

Reflita: prefere à dubiedade da situação, uma declaração franca que lhe vá destruir as suas mais queridas ilusões?

PEDRO ALVES

Prefiro isso a não saber se sou amado ou não.

CLARA

Admiro a sua força d'alma.

PEDRO ALVES

Eu sou o primeiro a admirar-me.

CLARA

Desesperou alguma vez da sorte?

PEDRO ALVES

Nunca.

CLARA

Pois continue a confiar nela.

PEDRO ALVES

Até quando?

CLARA

Até um dia.

PEDRO ALVES

Que nunca há de chegar.

CLARA

Que está... muito breve.

PEDRO ALVES

Oh! meu Deus!

CLARA

Admirou-se?

PEDRO ALVES

Assusto-me com a ideia da felicidade. Deixe-me beijar a sua mão?

CLARA

A minha mão vale bem dous meses de espera e receio; não vale?

PEDRO ALVES
(*enfiado*)

Vale.

CLARA

(*sem reparar*)

Pode beijá-la! É o penhor dos esponsais.

PEDRO ALVES

(*consigo*)

Fui longe demais! (*alto, beijando a mão de Clara*) Este é o mais belo dia de minha vida!

Cena VII

CLARA, PEDRO ALVES, LUÍS

LUÍS
(*entrando*)

Ah!...

PEDRO ALVES

Chegou a propósito.

CLARA

Dou-lhe parte do meu casamento com o Sr. Pedro Alves.

PEDRO ALVES

O mais breve possível.

LUÍS

Os meus parabéns a ambos.

CLARA

A resolução foi um pouco súbita, mas nem por isso deixa de ser refletida.

LUÍS

Súbita, decerto, porque eu não contava com uma semelhante declaração neste momento. Quando são os desposórios?

CLARA

Pelos fins do verão, não, meu amigo?

PEDRO ALVES
(*com importância*)
Sim, pelos fins do verão.

CLARA

Faz-nos a honra de ser uma das testemunhas?

PEDRO ALVES

Oh! isso é demais!

LUÍS

Desculpe-me, mas eu não posso. Vou fazer uma viagem.

CLARA

Até onde?

LUÍS

Pretendo abjurar em qualquer cidade mourisca e fazer depois a peregrinação da Meca. Preenchido este dever de um bom maometano irei entre as tribos do deserto procurar a exceção que não encontrei ainda no nosso clima cristão.

CLARA

Tão longe, meu Deus! Parece-me que trabalhará debalde.

LUÍS

Vou tentar.

PEDRO ALVES

Mas tenta um sacrifício.

LUÍS

Não faz mal.

PEDRO ALVES
(*a Clara, baixo*)

Está doudo!

CLARA

Mas virá despedir-se de nós?

LUÍS

Sem dúvida. (*baixo a Pedro Alves*) Curvo-me
ao vencedor, mas consola-me a ideia de que,
contra as suas previsões, paga as despesas
da guerra. (*alto*) V. Exa. dá-me licença?

CLARA

Onde vai?

LUÍS

Retiro-me para casa.

CLARA

Não fica para jantar?

LUÍS

Vou aprontar a minha bagagem.

CLARA

Leva a lembrança dos amigos no fundo das malas, não?

LUÍS

Sim, minha senhora, ao lado de alguns volumes de Alphonse Karr.

Segunda parte

Na Corte
(*uma sala em casa de Pedro Alves*)

Cena I
CLARA, PEDRO ALVES

PEDRO ALVES
Ora, não convém por modo algum que a mulher de um deputado ministerialista vá à partida de um membro da oposição.[8] Em rigor, nada há de admirar nisso. Mas o que não dirá a imprensa governista! O que não dirão os meus colegas da maioria! Está lendo?

CLARA
Estou folheando este álbum.

PEDRO ALVES
Nesse caso, repito-lhe que não convém...

---

8. No Brasil do Segundo Reinado, dois partidos revezavam-se no poder: o Conservador e o Liberal. Os membros do primeiro eram conhecidos como "saquaremas", e os do segundo, como "luzias". [MD]

CLARA

Não precisa, ouvi tudo.

PEDRO ALVES

(*levantando-se*)

Pois aí está; fique com a minha opinião.

CLARA

Prefiro a minha.

PEDRO ALVES

Prefere...

CLARA

Prefiro ir à partida do membro da oposição.

PEDRO ALVES

Isso não é possível. Oponho-me com todas as forças.

CLARA

Ora, veja o que é o hábito do parlamento! Opõe-se a mim, como se eu fosse um adversário político. Veja que não está na câmara, e que eu sou mulher.

PEDRO ALVES

Mesmo por isso. Deve compreender os meus interesses e não querer que seja alvo dos tiros dos maldizentes. Já não lhe falo nos direitos que me estão confiados como marido...

CLARA

Se é tão aborrecido na câmara como é cá em casa, tenho pena do ministério e da maioria!

PEDRO ALVES

Clara!

CLARA

De que direitos me fala? Concedo-lhe todos quantos queira, menos o de me aborrecer; e privar-me de ir a esta partida, é aborrecer-me.

PEDRO ALVES

Falemos como amigos. Dizendo que desistas do teu intento, tenho dous motivos: um político e outro conjugal. Já te falei do primeiro.

CLARA

Vamos ao segundo.

PEDRO ALVES

O segundo é este. As nossas primeiras vinte e quatro horas de casamento, passaram para mim rápidas como um relâmpago. Sabes por quê? Porque a nossa lua de mel não durou mais que esse espaço. Supus que unindo-te a mim, deixasses um pouco a vida dos passeios, dos teatros, dos bailes. Enganei-me; nada mudaste em teus hábitos; eu posso dizer que não me casei para mim. Fui forçado a acompanhar-te por toda a parte, ainda que isso me custasse grande aborrecimento.

CLARA

E depois?

PEDRO ALVES

Depois, é que esperando ver-te cansada dessa vida, reparo com pesar que continuas na mesma e muito longe ainda de a deixar.

CLARA

Conclusão: devo romper com a sociedade e voltar a alongar as suas vinte e quatro horas de lua de mel, vivendo beatificamente ao lado um do outro, debaixo do teto conjugal...

PEDRO ALVES

Como dous pombos.

CLARA

Como dous pombos ridículos! Gosto de ouvi-lo com essas recriminações. Quem o atender, supõe que se casou comigo pelos impulsos do coração. A verdade é que me esposou por vaidade, e que quer continuar essa lua de mel, não por amor, mas pelo susto natural de um proprietário, que receia perder um cabedal precioso.

PEDRO ALVES

Oh!

CLARA

Não serei um cabedal precioso?

PEDRO ALVES

Não digo isso. Protesto, sim, contra as tuas conclusões.

CLARA

O protesto é outro hábito do parlamento! Exemplo às mulheres futuras de quanto, no mesmo homem, fica o marido suplantado pelo deputado.

PEDRO ALVES

Está bom, Clara, concedo-te tudo.

CLARA

(*levantando-se*)
Ah! vou fazer cantar o triunfo!

PEDRO ALVES

Continua a divertir-te como for de teu gosto.

CLARA

Obrigada!

PEDRO ALVES

Não se dirá que te contrariei nunca.

CLARA

A história há de fazer-te justiça.

PEDRO ALVES

Acabemos com isto. Estas pequenas rixas azedam-me o espírito, e não lucramos nada com elas.

CLARA

Acho que sim. Deixe de ser ridículo, que eu continuarei nas mais benévolas disposições. Para começar, não vou à partida da minha amiga Carlota. Está satisfeito?

PEDRO ALVES

Estou.

CLARA

Bem. Não se esqueça de ir buscar minha filha. É tempo de apresentá-la à sociedade. A pobre Clarinha deve estar bem desconsolada. Está moça e ainda no colégio. Tem sido um descuido nosso.

PEDRO ALVES

Irei buscá-la amanhã.

CLARA

Pois bem. (*sai*)

Cena II

PEDRO ALVES E UM CRIADO

PEDRO ALVES

Safa! que maçada!

O CRIADO

Está aí uma pessoa que lhe quer falar.[9]

PEDRO ALVES

Faze-a entrar.

---

9. O sistema de relações servis aparece nesta peça por meio de personagens anônimas, como este criado e o boleeiro da cena VI da segunda parte, descrito como preguiçoso. [PD]

Cena III

PEDRO ALVES, LUÍS DE MELO

PEDRO ALVES

Que vejo!

LUÍS

Luís de Melo, lembra-se?

PEDRO ALVES

Muito. Venha um abraço! Então como está? quando chegou?

LUÍS

Pelo último paquete.

PEDRO ALVES

Ah! não li nos jornais...

LUÍS

O meu nome é tão vulgar que facilmente se confunde com os outros.

PEDRO ALVES

Confesso que só agora sei que está no Rio de Janeiro. Sentemo-nos. Então andou muito pela Europa?

LUÍS

Pela Europa quase nada; a maior parte do tempo gastei em atravessar o Oriente.

PEDRO ALVES

Sempre[10] realizou a sua ideia?

LUÍS

É verdade, vi tudo o que a minha fortuna podia oferecer aos meus instintos artísticos.

PEDRO ALVES

Que de impressões havia de ter![11] muito turco, muito árabe, muita mulher bonita, não? Diga-me uma cousa, há também ciúmes por lá?

LUÍS

Há.

PEDRO ALVES

Contar-me-á a sua viagem por extenso.

---

10. O uso de "sempre" no sentido de "mesmo", "de fato", mais comum em Portugal, ocorre em mais de uma ocasião nos textos de Machado de Assis. [HG]
11. A expressão "que de", utilizada com mais frequência no norte de Portugal, indica uma grande quantidade, equivalendo a "quantas". [HG]

LUÍS

Sim, com mais descanso. Está de saúde a
Sra. D. Clara Alves?

PEDRO ALVES

De perfeita saúde. Tenho muito que lhe dizer respeito ao que se passou depois que
se foi embora.

LUÍS

Ah!

PEDRO ALVES

Passei estes cinco anos no meio da mais
completa felicidade. Ninguém melhor sa-
boreou as delícias do casamento. A nossa
vida conjugal pode-se dizer que é um céu
sem nuvens. Ambos somos felizes, e ambos
nos desvelamos por agradar um ao outro.

LUÍS

É uma lua de mel sem ocaso.

PEDRO ALVES

E lua cheia.

LUÍS

Tanto melhor! Folgo de vê-los felizes. A felicidade na família é uma cópia, ainda que
pálida, da bem-aventurança celeste. Pelo
contrário, os tormentos domésticos re-
presentam na terra o purgatório.

PEDRO ALVES

Apoiado!

LUÍS

Por isso estimo que acertasse com a primeira.

PEDRO ALVES

Acertei. Ora, do que eu me admiro não é do acerto, mas do modo por que de pronto me habituei à vida conjugal. Parece-me incrível! Quando me lembro da minha vida de solteiro, vida de borboleta, ágil e incapaz de pousar definitivamente sobre uma flor...

LUÍS

A cousa explica-se. Tal seria o modo por que o enredaram e pregaram com o competente alfinete no fundo desse quadro chamado — lar doméstico!

PEDRO ALVES

Sim, creio que é isso.

LUÍS

De maneira que hoje é pelo casamento?

PEDRO ALVES

De todo o coração.

LUÍS

Está feito, perdeu-se um folgazão, mas ga-
nhou-se um homem de bem.

PEDRO ALVES

Ande lá. Aposto que também tem vontade
de romper a cadeia do passado?

LUÍS

Não será difícil.

PEDRO ALVES

Pois é o que deve fazer.

LUÍS

Veja o que é o egoísmo humano. Como re-
negou da vida de solteiro, quer que todos
professem a religião do matrimônio.

PEDRO ALVES

Escusa moralizar.

LUÍS

É verdade que é uma religião tão doce!

PEDRO ALVES

Ah!... Sabe que estou deputado?

LUÍS

Sei e dou-lhe os meus parabéns.

PEDRO ALVES

Alcancei um diploma na última eleição. Na minha idade ainda é tempo de começar a vida política, e nas circunstâncias eu não tinha outra a seguir mais apropriada. Fugindo às antigas parcialidades políticas, defendo os interesses do distrito que represento, e como o governo mostra zelar esses interesses, sou pelo governo.

LUÍS

É lógico.

PEDRO ALVES

Graças a esta posição independente, constituí-me um dos chefes da maioria da câmara.

LUÍS

Ah! ah!

PEDRO ALVES

Acha que vou depressa? Os meus talentos políticos dão razão da celeridade da minha carreira. Se eu fosse uma nulidade, nem alcançaria um diploma. Não acha?

LUÍS

Tem razão.

PEDRO ALVES

Por que não tenta a política?

LUÍS

Porque a política é uma vocação e quando
não é vocação é uma especulação. Acon-
tece muitas vezes que, depois de ensaiar
diversos caminhos para chegar ao futuro,
depara-se finalmente com o da política
para o qual convergem as aspirações íntimas. Comigo não se dá isso. Quando
mesmo o encontrasse juncado de flores,
passaria por ele para tomar outro mais
modesto. Do contrário seria fazer política
de especulação.

PEDRO ALVES

Pensa bem.

LUÍS

Prefiro a obscuridade ao remorso que me
ficaria de representar um papel ridículo.

PEDRO ALVES

Gosto de ouvir falar assim. Pelo menos,
é franco e vai logo dando o nome às cousas. Ora, depois de uma ausência de cinco
anos parece que há vontade de passar algumas horas juntos, não? Fique para jantar conosco.

LUÍS

Fico, mas vou antes deixar um cartão de
visita à casa do seu vizinho comendador.
Já volto.

Cena IV

CLARA, PEDRO ALVES, LUÍS

————————————————————————————

PEDRO ALVES

Clara, aqui está um velho amigo que não vemos há cinco anos.

CLARA

Ah! o Sr. Luís de Melo!

LUÍS

Em pessoa, minha senhora.

CLARA

Seja muito bem-vindo! Causa-me uma surpresa agradável.

LUÍS

V. Exa. honra-me.

CLARA

Venha sentar-se. O que nos conta?

LUÍS

(*conduzindo-a para uma cadeira*)
Para contar tudo fora preciso um tempo interminável.

> CLARA

Cinco anos de viagem!

> LUÍS

Vi tudo quanto se pode ver nesse prazo. Diante de V. Exa. está um homem que acampou ao pé das pirâmides.

> CLARA

Oh!

> PEDRO ALVES

Veja isto!

> CLARA

Contemplado pelos quarenta séculos!

> PEDRO ALVES

E nós que o fazíamos a passear pelas capitais da Europa.

> CLARA

É verdade, não supúnhamos outra cousa.

> LUÍS

Fui comer o pão da vida errante dos meus camaradas árabes. Boa gente! Podem crer que deixei saudades de mim.

> CLARA

Admira que entrasse no Rio de Janeiro com esse lúgubre vestuário da nossa prosaica

civilização. Devia trazer calça larga, alfange
e *burnous*. Nem ao menos *burnous*! Aposto
que foi Cádi?[12]

LUÍS

Não, minha senhora; só os filhos de Islã
têm direito a esse cargo.

CLARA

Está feito. Vejo que sacrificou cinco anos,
mas salvou a sua consciência religiosa.

PEDRO ALVES

Teve saudades de cá?

LUÍS

À noite, na hora de repouso, lembrava-me
dos amigos que deixara, e desta terra onde
vi a luz. Lembrava-me do Clube, do teatro
Lírico, de Petrópolis e de todas as nossas
distrações. Mas vinha o dia, voltava-me
eu à vida ativa, e tudo desvanecia-se como
um sonho amargo.

PEDRO ALVES

Bem lhe disse eu que não fosse.

12. Referências a peças de indumentária e utensílios geralmente
associados à cultura islâmica. "Alfange" é uma espécie de
adaga curva ou punhal; "burnous" é um albornoz, comprida
capa de lã com capuz pontiagudo; "cádi", ou "kedi", é um
título de autoridade, equivalente ao de um juiz. [MD]

LUÍS

Por quê? Foi a ideia mais feliz da minha vida.

CLARA

Faz-me lembrar o justo de que fala o poeta de Olgiato,[13] que entre rodas de navalhas diz estar em um leito de rosas.

LUÍS

São versos lindíssimos, mas sem aplicação ao caso atual. A minha viagem foi uma viagem de artista e não de peralvilho; observei com os olhos do espírito e da inteligência. Tanto basta para que fosse uma excursão de rosas.

CLARA

Vale então a pena perder cinco anos?

LUÍS

Vale.

PEDRO ALVES

Se não fosse o meu distrito sempre quisera ir ver essas cousas de perto.

---

13. Gerônimo Olgiato é o protagonista de uma peça de Domingos José Gonçalves de Magalhães, que tem como título o sobrenome do personagem. A tragédia em cinco atos foi publicada em 1841 pelo editor Paula Brito, o mesmo da primeira edição deste livro. [HG]

CLARA

Mas que sacrifício! Como é possível trocar os conchegos do repouso e da quietação pelas aventuras de tão penosa viagem?

LUÍS

Se as cousas boas não se alcançassem à custa de um sacrifício, onde estaria o valor delas? O fruto maduro ao alcance da mão do bem-aventurado a quem as huris embalam, só existe no paraíso de Maomé.

CLARA

Vê-se que chega de tratar com árabes.

LUÍS

Pela comparação? Dou-lhe outra mais ortodoxa: o fruto provado por Eva custou-lhe o sacrifício do paraíso terrestre.

CLARA

Enfim, ajunte exemplo sobre exemplo, citação sobre citação, e ainda assim não me fará sair dos meus cômodos.

LUÍS

O primeiro passo é difícil. Dado ele, apodera-se da gente um furor de viajar, que eu chamarei febre de locomoção.

CLARA

Que se apaga pela saciedade?

LUÍS

Pelo cansaço. E foi o que me aconteceu:
parei de cansado. Volto a repousar com
as recordações colhidas no espaço de
cinco anos.

CLARA

Tanto melhor para nós.

LUÍS

V. Exa. honra-me.

CLARA

Já não há medo de que o pássaro abra de
novo as asas.

PEDRO ALVES

Quem sabe?

LUÍS

Tem razão; dou por findo o meu capítulo
de viagem.

PEDRO ALVES

O pior é não querer abrir agora o da política. A propósito: são horas de ir para a
câmara; há hoje uma votação a que não
posso faltar.

LUÍS

Eu vou fazer uma visita na vizinhança.

PEDRO ALVES

À casa do comendador, não é? Clara, o Sr. Luís de Melo faz-nos a honra de jantar conosco.

CLARA

Ah! quer ser completamente amável.

LUÍS

V. Exa. honra-me sobremaneira... (*a Clara*) Minha senhora! (*a Pedro Alves*) Até logo, meu amigo!

Cena V

CLARA, PEDRO ALVES

PEDRO ALVES

Ouviu como está contente? Reconheço
que não há nada para curar uma paixão
do que seja uma viagem.

CLARA

Ainda se lembra disso?

PEDRO ALVES

Se me lembro!

CLARA

E teria ele paixão?

PEDRO ALVES

Teve. Posso afiançar que a participação do
nosso casamento causou-lhe a maior dor
deste mundo.

CLARA

Acha?

PEDRO ALVES

É que o gracejo era pesado demais.

CLARA

Se assim é, mostrou-se generoso, porque mal chegou, já nos veio visitar.

PEDRO ALVES

Também é verdade. Fico conhecendo que as viagens são um excelente remédio para curar paixões.

CLARA

Tenha cuidado.

PEDRO ALVES

Em quê?

CLARA

Em não soltar alguma palavra a esse respeito.

PEDRO ALVES

Descanse, porque eu, além de compreender as conveniências, simpatizo com este moço e agradam-me as suas maneiras. Creio que não há crime nisto, pelo que se passou há cinco anos.

CLARA

Ora, crime!

PEDRO ALVES

Demais, ele mostrou-se hoje tão contente com o nosso casamento, que parece completamente estranho a ele.

CLARA

Pois não vê que é um cavalheiro perfeito? Obrar de outro modo seria cobrir-se de ridículo.

PEDRO ALVES

Bem, são onze horas, vou para câmara.

CLARA

(da porta)

Volta cedo?

PEDRO ALVES

Mal acabar a sessão. O meu chapéu? Ah! (*Vai buscá-lo a uma mesa. Clara sai.*) Vamos lá com esta famosa votação.

Cena VI

LUÍS, PEDRO ALVES

————————————————————————————

PEDRO ALVES

Oh!

LUÍS

O comendador não estava em casa, lá deixei o meu cartão de visita. Aonde vai?

PEDRO ALVES

À câmara.

LUÍS

Ah!

PEDRO ALVES

Venha comigo.

LUÍS

Não se pode demorar alguns minutos?

PEDRO ALVES

Posso.

LUÍS

Pois conversemos.

PEDRO ALVES

Dou-lhe meia hora.

LUÍS

Demais o seu boleeiro dorme tão a sono
solto que é uma pena acordá-lo.

PEDRO ALVES

O tratante não faz outra cousa.

LUÍS

O que lhe vou comunicar é grave e impor-
tante.

PEDRO ALVES

Não me assuste.

LUÍS

Não há de quê. Ouça, porém. Chegado há
três dias, tive eu tempo de ir ontem mesmo
a um baile. Estava com sede de voltar à
vida ativa em que me eduquei e não perdi
a oportunidade.

PEDRO ALVES

Compreendo a sofreguidão.

LUÍS

O baile foi na casa do colégio da sua enteada.

PEDRO ALVES

Minha mulher não foi por causa de um
leve incômodo. Dizem que esteve uma bonita função.

LUÍS

É verdade.

PEDRO ALVES

Não achou a Clarinha uma bonita moça?

LUÍS

Se a achei bonita? Tanto que venho pedi-
-la em casamento.

PEDRO ALVES

Oh!

LUÍS

De que se admira? Acha extraordinário?

PEDRO ALVES

Não, pelo contrário, acho natural.

LUÍS

Faço-lhe o pedido com franqueza; peço-
-lhe que responda com igual franqueza.

PEDRO ALVES

Oh! da minha parte a resposta é toda afir-
mativa.

LUÍS

Posso contar com igual resposta da outra
parte?

PEDRO ALVES

Se houver dúvida, aqui estou eu para pleitear a sua causa.

LUÍS

Tanto melhor.

PEDRO ALVES

Tencionávamos trazê-la amanhã para casa.

LUÍS

Graças a Deus! Cheguei a tempo.

PEDRO ALVES

Com franqueza, causa-me com isso um grande prazer.

LUÍS

Sim?

PEDRO ALVES

Confirmaremos pelos laços do parentesco os vínculos da simpatia.

LUÍS

Obrigado. O casamento é contagioso, e a felicidade alheia é um estímulo. Quando ontem saí do baile trouxe o coração aceso, mas nada tinha ainda assentado de definitivo. Porém tanto lhe ouvi falar de sua felicidade que não pude deixar de pedir-lhe me auxilie no intento de ser também feliz.

PEDRO ALVES

Bem lhe dizia eu há pouco que havia de me acompanhar os passos.

LUÍS

Achei essa moça, que apenas sai da infância, tão simples e tão cândida, que não pude deixar de olhá-la como o gênio benfazejo da minha sorte futura. Não sei se ao meu pedido corresponderá a vontade dela, mas resigno-me às consequências.

PEDRO ALVES

Tudo será feito a seu favor.

LUÍS

Eu mesmo irei pedi-la à Sra. D. Clara. Se porventura encontrar oposição, peço-lhe então que interceda por mim.

PEDRO ALVES

Fica entendido.

LUÍS

Hoje que volto ao repouso, creio que me fará bem a vida pacífica, no meio dos afagos de uma esposa terna e bonita. Para que o pássaro não torne a abrir as asas, é preciso dar-lhe gaiola e uma linda gaiola.

PEDRO ALVES

Bem; eu vou para a câmara, e volto apenas acabada a votação. Fique aqui e exponha a sua causa a minha mulher que o ouvirá com benevolência.

LUÍS

Dá-me esperanças?

PEDRO ALVES

Todas. Seja firme e instante.

Cena VII

CLARA, LUÍS

LUÍS

Parece-me que vou entrar em uma batalha.

CLARA

Ah! não esperava encontrá-lo.

LUÍS

Estive com o Sr. Pedro Alves. Neste momento foi ele para a câmara. Ouça: lá partiu o carro.

CLARA

Conversaram muito?

LUÍS

Alguma cousa, minha senhora.

CLARA

Como bons amigos?

LUÍS

Como excelentes amigos.

CLARA

Contou-lhe a sua viagem?

LUÍS

Já tive a honra de dizer a V. Exa. que a minha viagem pede muito tempo para ser narrada.

CLARA

Escreva-a então. Há muito episódio?

LUÍS

Episódios de viagem, tão somente, mas que trazem sempre a sua novidade.

CLARA

O seu escrito brilhará pela imaginação, pelos belos achados da sua fantasia.

LUÍS

É o meu pecado original.

CLARA

Pecado?

LUÍS

A imaginação.

CLARA

Não vejo pecado nisso.

LUÍS

A fantasia é um vidro de cor, um óculo brilhante, porém mentiroso...

CLARA

Não me lembra de lhe ter dito isso.

LUÍS

Também eu não digo que V. Exa. mo tenha dito.

CLARA

Faz mal em vir do deserto, só para recordar algumas palavras que me escaparam há cinco anos.

LUÍS

Repeti-as como de autoridade. Não eram a sua opinião?

CLARA

Se quer que lhe minta, respondo afirmativamente.

LUÍS

Então deveras vale alguma cousa elevar-se acima dos espíritos vulgares e ver a realidade das cousas pela porta da imaginação?

CLARA

Se vale! A vida fora bem prosaica se lhe não emprestássemos cores nossas e não a vestíssemos à nossa maneira.

LUÍS

Perdão, mas...

CLARA

Pode averbar-me de suspeita, está no seu direito. Nós outras as mulheres, somos as filhas da fantasia; é preciso levar em conta que eu falo em defesa da mãe comum.

LUÍS

Está-me fazendo crer em milagres.

CLARA

Onde vê o milagre?

LUÍS

Na conversão de V. Exa.

CLARA

Não crê que eu esteja falando a verdade?

LUÍS

Creio que é tão verdadeira hoje, como foi há cinco anos, e é nisso que está o milagre da conversão.

CLARA

Pois será conversão. Não tem mais que bater palmas pela ovelha rebelde que volta ao aprisco. Os homens tomaram tudo e mal deixaram às mulheres as regiões do ideal. As mulheres ganharam. Para a maior parte o ideal da felicidade é a vida plácida, no meio das flores, ao pé de um coração que palpita. Elas sonham com o perfume das flores, com as escumas do mar, com os raios da lua e todo o material da poesia moderna. São almas delicadas, mal compreendidas e muito caluniadas.

LUÍS

Não defenda com tanto ardor o seu sexo, minha senhora. É de uma alma generosa, mas não de um gênio observador.

CLARA

Anda assim mal com ele?

LUÍS

Mal por quê?

CLARA

Eu sei!

LUÍS

Aprendi a respeitá-lo, e quando assim não fosse, sei perdoar.

CLARA

Perdoar, como os reis, as ofensas por outrem recebidas.

LUÍS

Não, perdoar as próprias.

CLARA

Ah! foi vítima! Tinha vontade de conhecer o seu algoz. Como se chama?

LUÍS

Não costumo a conservar tais nomes.

CLARA

Reparo uma cousa.

LUÍS

O que é?

CLARA

É que em vez de voltar moiro, voltou profundamente cristão.

LUÍS

Voltei como fui: fui homem e voltei homem.

CLARA

Chama ser homem o ser cruel?

LUÍS

Cruel em quê?

CLARA

Cruel, cruel como todos são! A generosidade humana não para no perdão das culpas, vai até o conforto do culpado. Nesta parte não vejo os homens de acordo com o evangelho.

LUÍS

É que os homens que inventaram a expiação legal, consagram também uma expiação moral. Quando esta não se dá, o perdão não é um dever, porém uma esmola que se faz à consciência culpada, e tanto basta para desempenho da caridade cristã.

CLARA

O que é essa expiação moral?

LUÍS

É o remorso.

CLARA

Conhece tabeliães que passam certificados de remorso? É uma expiação que pode não ser acreditada e existir entretanto.

LUÍS

É verdade. Mas para os casos morais há provas morais.

CLARA

Adquiriu essa rigidez no trato com os árabes?

LUÍS

Valia a pena ir tão longe para adquiri-la, não acha?

CLARA

Valia.

LUÍS

Posso elevar-me assim até ser um espírito sólido.

CLARA

Espírito sólido! Não há dessa gente por onde andou?

LUÍS

No Oriente tudo é poeta, e os poetas dispensam bem a glória de espíritos sólidos.

CLARA

Predomina lá a imaginação, não é?

LUÍS

Com toda a força do verbo.

CLARA

Faz-me crer que encontrou a suspirada exceção que... lembra-se?

LUÍS

Encontrei, mas deixei-a passar.

CLARA

Oh!

LUÍS

Escrúpulo religioso, orgulho nacional, que sei eu?

CLARA

Cinco anos perdidos!

LUÍS

Cinco anos ganhos. Gastei-os a passear, enquanto a minha violeta se educava cá num jardim.

CLARA

Ah!... viva então o nosso clima!

LUÍS

Depois de longos dias de solidão, há necessidade de quem nos venha fazer companhia, compartir as nossas alegrias e mágoas, e arrancar o primeiro cabelo que nos alvejar.

CLARA

Há.

LUÍS

Não acha?

CLARA

Mas quando pensando encontrar a companhia desejada, encontra-se o aborrecimento e a insipidez encarnadas no objeto da nossa escolha?

LUÍS

Nem sempre é assim.

CLARA

As mais das vezes é. Tenha cuidado!

LUÍS

Oh! por esse lado estou livre de errar.

CLARA

Mas onde está essa flor?

LUÍS

Quer saber?

CLARA

Quero, e também o seu nome.

LUÍS

O seu nome é lindíssimo. Chama-se Clara.

CLARA

Obrigada! E eu conheço-a?

LUÍS

Tanto como a si própria.

CLARA

Sou sua amiga?

LUÍS

Tanto como o é de si.

CLARA

Não sei quem seja.

LUÍS

Deixemos o terreno das alusões vagas; é melhor falar francamente. Venho pedir-lhe a mão de sua filha.

CLARA

De Clara!

LUÍS

Sim, minha senhora. Vi-a há dous dias; está bela como a adolescência em que entrou. Revela uma expressão de candura tão angélica que não pode deixar de agradar a um homem de imaginação, como eu. Tem além disso uma vantagem: não entrou ainda no mundo, está pura de todo contato social; para ela os homens estão na mesma plana e o seu espírito ainda não pode fazer distinção entre o espírito sólido e o homem do ideal. É-lhe fácil aceitar um ou outro.

CLARA

Com efeito, é uma surpresa com que eu menos contava.

LUÍS

Posso considerar-me feliz?

CLARA

Eu sei! Por mim decido, mas eu não sou a cabeça do casal.

LUÍS

Pedro Alves já me deu seu consentimento.

CLARA

Ah!

LUÍS

Versou sobre isso a nossa conversa.

CLARA

Nunca pensei que chegássemos a esta situação.

LUÍS

Falo como um parente. Se V. Exa. não teve bastante espírito para ser minha esposa, deve tê-lo pelo menos, para ser minha sogra.

CLARA

Ah!

LUÍS

Que quer? todos temos um dia de desencantos. O meu foi há cinco anos, hoje o desencantado não sou eu.

Cena VIII

LUÍS, PEDRO ALVES, CLARA

PEDRO ALVES

Não houve sessão; a minoria fez gazeta. (*a Luís*) Então?

LUÍS

Tenho o consentimento de ambos.

PEDRO ALVES

Clara não podia deixar de atender no seu pedido.

CLARA

Peço-lhe que faça a felicidade dela.

LUÍS

Consagrarei nisso minha vida.

PEDRO ALVES

Por mim, hei de sempre ver se posso resolvê-lo a aceitar um distrito nas próximas eleições.

LUÍS

Não será melhor ver primeiro se o distrito me aceitará?

Notas sobre o texto

p. 29   A. Na edição de 1861, o nome da personagem vem grafado em francês, "Abeillard".

p. 32   A. Na edição de 1861, o nome vem grafado em francês, "Leucate", nesta e na próxima ocorrência.
      B. Faria traz "por mais que [não] queira".

p. 43   A. A forma "porque que quero" foi mantida, já que pode ser entendida aqui como marca de oralidade.

p. 56   A. Foi inserida a vírgula.

p. 61   A. Na edição de 1861, "infinitiva".

Sugestões de leitura

FARIA, João Roberto. *Ideias teatrais: O século XIX no Brasil*. São Paulo: Perspectiva, 2001.

LOYOLA, Cecília. *Machado de Assis e o teatro das convenções*. Rio de Janeiro: Uapê, 1997.

MAGALHÃES JÚNIOR, Raimundo. *Vida e obra de Machado de Assis*. 2. ed. rev. e ampl. pelo autor. Rio de Janeiro: Record, 2008. v. 1.

MASSA, Jean-Michel. *A juventude de Machado de Assis, 1839-1870: Ensaio de biografia intelectual*. 2. ed. São Paulo: Ed. Unesp, 2009.

PEREIRA, Lúcia Miguel. "Machadinho". In: _____. *Machado de Assis (Estudo crítico e biográfico)* [1936]. 6. ed. Belo Horizonte: Itatiaia; São Paulo: Edusp, 1988, pp. 88-106.

SOUSA, José Galante de. *O teatro no Brasil*. Rio de Janeiro: Instituto Nacional do Livro, 1960. 2 v.

TORNQUIST, Helena. *As novidades velhas: O teatro de Machado de Assis e a comédia francesa*. São Leopoldo: Ed. Unisinos, 2002.

VIEIRA, Anco Márcio Tenório. "Machado de Assis e o teatro nacional". *Revista USP*, São Paulo, n. 26, pp. 182-94, jun./jul./ago. 1995.

_____. "A crítica teatral de Machado de Assis". *Luso-Brazilian Review*, Madison, v. 35, n. 2, pp. 37-51, inverno 1998.

_____. "Alguns aspectos de metalinguagem no teatro de Machado de Assis". *Revista Graphos*, João Pessoa, v. 12, n. 1, pp. 119-34, 2010. Disponível em: <periodicos.ufpb.br/index.php/graphos/article/view/9858>. Acesso em: 23 ago. 2021.

Índice de cenas

Desencantos 21
  Primeira parte 25
    Cena I 25
    Cena II 33
    Cena III 40
    Cena IV 45
    Cena V 52
    Cena VI 60
    Cena VII 65
  Segunda parte 69
    Cena I 69
    Cena II 75
    Cena III 76
    Cena IV 83
    Cena V 90
    Cena VI 93
    Cena VII 99
    Cena VIII 111

FUNDAÇÃO ITAÚ

PRESIDENTE DO
CONSELHO CURADOR
Alfredo Setubal

PRESIDENTE
Eduardo Saron

ITAÚ CULTURAL

SUPERINTENDENTE
Jader Rosa

NÚCLEO CURADORIAS E
PROGRAMAÇÃO ARTÍSTICA

GERÊNCIA
Galiana Brasil

COORDENAÇÃO
Andréia Schinasi

PRODUÇÃO-EXECUTIVA
Roberta Roque

AGRADECIMENTO
Claudiney Ferreira

TODAVIA

TRANSCRIÇÃO DE TEXTO
Fernando Borsato dos Santos

COTEJO E REVISÃO TÉCNICA
Marcelo Diego

LEITURA CRÍTICA
Luciana Antonini Schoeps

CONSULTORIA
Paulo Dutra

ASSISTÊNCIA EDITORIAL
Gabrielly Alice da Silva
Karina Okamoto
Mario Santin Frugiuele

PREPARAÇÃO
Erika Nogueira Vieira

REVISÃO
Jane Pessoa
Huendel Viana

PRODUÇÃO EDITORIAL E GRÁFICA
Aline Valli

PROJETO GRÁFICO
Daniel Trench

COMPOSIÇÃO
Estúdio Arquivo
Hannah Uesugi
Pedro Botton

REPRODUÇÃO DA PÁGINA DE ROSTO
Nino Andrés

TRATAMENTO DE IMAGENS
Carlos Mesquita

© Todavia, 2023
© *organização e apresentação*,
Hélio de Seixas Guimarães, 2023

Todos os direitos desta edição
reservados à Todavia.

Este volume faz parte da coleção
Todos os livros de Machado de Assis.

Dados Internacionais de Catalogação
na Publicação (CIP)

Assis, Machado de (1839-1908)
Desencantos : Fantasia dramática / Machado de
Assis ; organização e apresentação Hélio de Seixas
Guimarães. — 2. ed. — São Paulo : Todavia, 2024.
(Todos os livros de Machado de Assis).

Ano da primeira edição original: 1861
ISBN 978-65-5692-669-8
ISBN da coleção 978-65-5692-697-1

1. Literatura brasileira. 2. Teatro. I. Assis,
Machado de. II. Guimarães, Hélio de Seixas. III. Título.

CDD B869.2

Índice para catálogo sistemático:
1. Literatura brasileira : Teatro B869.2

Bruna Heller — Bibliotecária — CRB 10/2348

todavia

Rua Luís Anhaia, 44
05433.020 São Paulo SP
T. 55 11. 3094 0500
www.todavialivros.com.br

As edições de base que deram origem aos 26 volumes da coleção Todos os livros de Machado de Assis oferecem um panorama tipográfico exuberante, como atestam as páginas de rosto incluídas no início de cada obra. Por meio delas, vemos as famílias tipográficas em voga nas oficinas de Paris e do Rio de Janeiro, no momento em que Machado de Assis publicava seus livros. Inspirado por esse conjunto de referências, o designer de tipos Marconi Lima desenvolveu a Machado Serifada, fonte utilizada na composição desta coleção. Impresso em papel Avena pela Forma Certa.